Jacob Venedey

Der Nürnberger Arbeitervereinstag und das Programm der Internationalen Arbeiterassociation: Bericht an den Müllheimer Arbeiterbildungsverein

Antigonos

Jacob Venedey

Der Nürnberger Arbeitervereinstag und das Programm der Internationalen Arbeiterassociation: Bericht an den Müllheimer Arbeiterbildungsverein

Unveränderter Nachdruck der Originalausgabe von 1868.

1. Auflage 2024 | ISBN: 978-3-38614-442-1

Antigonos Verlag ist ein Imprint der Outlook Verlagsgesellschaft mbH.

Verlag: Outlook Verlag GmbH, Zeilweg 44, 60439 Frankfurt, Deutschland, info@outlook-verlag.de
Vertretungsberechtigt: E. Roepke, Zeilweg 44, 60439 Frankfurt, Deutschland
Druck: Libri Plureos GmbH, Friedensallee 273, 22763 Hamburg, Deutschland

Der
Nürnberger Arbeitervereinstag

und das

Programm

der

Internationalen Arbeiterassociation.

———

Bericht an den Müllheimer Arbeiterbildungsverein

von

J. Benedey.

Zweite Ausgabe.

Mannheim.
Buchdruckerei von J. Schneider.
1868.

1.

Gerne habe ich den Auftrag übernommen, den Ver=
sammlungen des fünften Arbeitervereinstages in
Nürnberg beizuwohnen, um auf demselben die Ansichten in
Bezug auf die Arbeiterfrage zu vertreten, die ich oft Ge=
legenheit hatte, in Ihren Versammlungen auszusprechen.
Wer nicht begreift, daß die Frage über die Stellung der Ar=
beit und der Arbeiter in dem gesellschaftlichen Leben die erste,
die wichtigste, die durchschlagendste aller Fragen unserer Zeit
ist, der begreift weder die Gegenwart, noch ahnt er die uns
bevorstehende Zukunft. In Folge mancher Studien, Studien
in der Schreibstube und im öffentlichen Leben, Studien in
den herrschenden politischen Kreisen und in den Kreisen des
Volkes der „Arbeiter“ — in Folge einer vieljährigen Erfahrung,
— in Folge einer vollen Hingebung für mein Volk und seine
„Arbeiter“ insbesondere — fühle ich mich berechtigt, getrieben,
verpflichtet, in dieser großen Lebensfrage der nächsten Zukunft
unseres Volkes und aller Völker meine Ueberzeugung auszu=
sprechen, die dahin geht, daß die Richtung, welche ein großer
Theil der Arbeiter, welche insbesondere ein Theil der thätig=
sten und auch talentvollsten Führer der „Arbeiter“ einschla=
gen, zu dem Abwege führt, an dessen Endziele Untergang
und Vernichtung für die Arbeiter und die Nationen der Ge=
genwart liegen.

Ich hoffte, daß das Aussprechen dieser Befürchtungen auf dem Arbeitervereinstage vielleicht von einigem Einflusse auf die Arbeiterwelt sein könnte. Ich wurde gegen allen parlamentarischen Brauch verhindert, die Begründung dieser Ansichten in dem Umfange, wie ich es für billig und nöthig hielt, auf dem Arbeitervereinstage entwickeln zu können. Es mag dies seine gute Folge haben, denn so fühle ich mich verpflichtet, diese Begründung hier nachzuholen, und sie einem höhern Gerichte als dem des Arbeitervereinstages, der ganzen deutschen Arbeiterwelt in den folgenden Blättern, vorzulegen.

2.

Die Tagesordnung, welche der Vorort des Arbeitervereinstages angenommen hatte, stellte die „Programmfrage" in den Vordergrund.

Alle andern Fragen: die Wehrfrage, Alterversorgungskassen, Wanderunterstützungskassen, Krankenunterstützungskassen, Genossenschaftswesen, Indirecte Steuern wurden in zweiter Linie behandelt. Sie kamen erst an die Reihe, als die Programmfrage das vereinte Lager des Arbeitervereinstages gesprengt, in zwei feindliche Lager auseinander getrieben hatte. Ich für meinen Theil habe in der tiefen Betrübniß und Mißstimmung, die mir dies leider vorherzusehende, in der Natur und den Bestandtheilen der Versammlung des Arbeitervereinstages wohl unabwendbare Ergebniß erweckte, den Versammlungen und Besprechungen weder des einen noch des andern Bruchtheiles der deutschen Arbeitervereine beigewohnt.

Der Arbeitervereinstag, in welchem die Hauptgegensätze, die offenen und verkappten Lassalianer, die Anhänger und Sendboten des internationalen Arbeitervereins einerseits, die Nationalliberalen andererseits von Anfang an offen und bewußt, auf den Bruch hinarbeiteten, hat noch einmal den Beweis geliefert für die unheilvolle Sucht der Deutschen, überall ein Sonderspiel, ein einseitiges Parteigetreibe zu versuchen, wo nicht Alles im Ganzen nach den Köpfen der Tonangeber der Bruchtheile geht.

3.

Die **Programmfrage** war in der That die Haupt=frage; aber nicht, wie die Führer der Majorität des Arbeiter=vereinstages behaupteten, deßwegen, weil die Annahme des vom Vorort vorgelegten Programms eine **That**, eine **Or=ganisation** der Arbeitervereine vorschlage, während die Vorschläge der Minorität nur „Resolutionen", keine That, keine Organisation enthalten sollten.

Das Programm der Majorität stellte Grundsätze auf und deutete in nebelhaftem Schwulste Ziele an, zu deren Verwirk=lichung und Erreichung die Arbeiter sich an die bestehende Organisation des internationalen Arbeitervereins anschließen sollten; die Minorität wollte festhalten an den Grundsätzen und Zielen, zu deren Verwirklichung der **Arbeitervereinstag organisirt war, und sich weiter ausbreiten und be=thätigen sollte.**

Das große Wort: „Wir wollen keine **Resolution,** sondern eine **That,"** — ist in den gegebenen Verhältnissen lächerlich. Auf **Resolutionen** hin, — denn das Programm des internationalen Arbeitervereins ist nichts als ein Gemisch wunderbar zusammengewürfelter unklarer und unverdauter Resolutionen — betrieben die Führer der Majorität die **Zer=splitterung des bestehenden großen allgemein deutschen Arbeitervereinstages, eines allgemeinen deutschen Arbeiterbündnisses, um** so einem andern Arbeiterbunde einen **Bruchtheil der deutschen Arbeiter=welt** zuzuführen; während einzelne Führer der Minorität den Bruch ebenso gerne sehen mochten, weil sie so ihre An=hänger dem Einflusse der demokratischen Richtung mehr oder weniger zu entziehen und den nationalliberalen Bestrebungen zugänglicher zu machen hoffen konnten.

4.

Sehen wir uns hiernach das vorgeschlagene Programm des Vororts des Vereinstages selbst an und hören wir dann seine Vertheidiger. Es lag dasselbe in zwei Bruchtheilen vor und zwar:

erstens in einem „Programm der internationalen Arbeiterassoziation" überschrieben: „Was wir wollen und sollen!";

zweitens in den auf dieses Programm gefußten besondern Anträgen des Vorortes selbst. —

Das Programm der internationalen Arbeiterassociation hieß:

I. „Gestützt auf das Recht der Selbstbestimmung wollen wir für alle Völker in Beseitigung jedweden Restes mittelalterlicher Einrichtungen und moderner Klassenherrschaft, die Herstellung des einen freien Volksstaates anstreben.

Wir werden nie eine andere Souveränität und Majestät als die Volkssouveränität und Volksmajestät anerkennen.

II. Als unumgängliches Mittel zum Zwecke wollen wir die Solidarität (Gesammtverbindlichkeit) aller Völker verwirklichen helfen.

Wir werden nur solchen Nationalitätsbestrebungen Vorschub leisten, welche auf ganze Freiheit, Selbstständigkeit und Gleichberechtigung Aller hinzielen, um jedes Volk in Ebenbürtigkeit, als organisches Glied der großen Kette des Menschenthums dem freien Bunde allgemeiner Eidgenossenschaft einverleiben zu können.

III. Wie wir nach Außen die Racenabneigungen und den Kriegsgeist, so wollen wir nach Innen die Klassengegensätze — Bourgeoisie und Proletariat — zu überwinden und den innern Frieden zu erobern trachten.

IV. Obwohl von internationalem Standpunkt ausgehend und uns mit Wärme jeden unterdrückten Volkes annehmend, werden wir dennoch, als Vertreter der deutschen Sprache, unsere Hauptwirksamkeit der freien und einheitlichen Gestaltung Deutschlands und der gründlicheren Entwickelung und kräftigeren Entfaltung der republikanischen Institutionen der Schweiz zuwenden.

V. Vor Allem und überall wollen wir uns aber die politische und ökonomische Emanzipation der Arbeiterklasse, die Befreiung der großen Mehrheit aller Völker vom Doppeljoche — der Gewalt der Bajonnette und der Macht des Privatkapitals — zum Ziele setzen.

VI. Wir wollen an der Stelle der Oberherrlichkeit des Privatkapitals den Segen gemeinsamer Arbeit, an die Stelle des Arbeitslohns den Arbeitsertrag, an die Stelle der „freien Konkurrenz" unter dem Kapitalzwang die freie Konkurrenz unter der allgemeinen Bewegung intellektueller und materieller Arbeitskraft gesetzt wissen.

VII. Wir wollen „Selbsthülfe", wo sie kollektive, — genossenschaftliche, und wir wollen „Staatshülfe", wo sie Volkshülfe d. h. die durch die Volksmajestät sich selbst gebotene Hülfe bedeutet.

VIII. Wir werden daher die Arbeitergenossenschaften jeder Art, und zwar nicht ohne die Uebung schärfster Kritik darüber, soweit sie eigentliche und alleinige Mittel und Wege zum Emanzipationszweck und Kulturziele der Arbeiterbewegung sein sollen, in jeder Weise begünstigen.

Mit dem, in allen modernisirten Staaten als Logik geschichtlich wirkender Thatsachen erwachsenen und schon deshalb unabweislichem wie unausweichbarem Arbeiter-Genossenschaftswesen, sehen wir ist der Geschichte mit Hebelkraft und Massengewicht jener Stützpunkt geboten, worauf, wenn die geistige Leitung und das gemeinsame Kraftgefühl nicht fehlt, die alte Ordnung aus den Angeln gehoben und den modernen Zuständen eine neue Gesellschaftsform aufgeprägt werden wird.

Jawohl! dieses Genossenschaftswesen wird die Arbeiterklasse zunächst vor den Irrgängen einseitig individualisirender, alles Gemeinleben zersetzender Zeitrichtung bewahren, sie an eine kollektive Initiative und gemeinschaftliche Bestrebung, wenn anfänglich auch nur gruppenweise, gewöhnen, ihr eine Gelegenheit und Schule bieten, die rechten Talente in Leitung, Verwaltung und Gesetzgebung aufzufinden und auszubilden, ihr gründlicher in der Praxis, als es je die Theorie vermag, von allen Palliativmitteln jeden Schein der Hinlänglichkeit und der Alleinglückseligmachung abstreifen und sie endlich, durch die ihr gewordene Einsicht, einen wohldurchdachten Selbsterhaltungstrieb und die stete Wucht der Thatsachen, zur allmäligen Vereinigung aller Gruppen drängen, wird endlich die Herstellung eines sicheren, solidarisch haftbaren Ganzen und somit die Vollendung des einheitlichen, freien Volksstaats gleichsam durch sich selbst bewirken.

IX. Ebenso wie wir überzeugt sind, daß keine Macht der Welt die Arbeiterbewegung auf längere Zeit aufhalten kann und daß, wie das Großkapital, diese Gesammtfrucht allzeitiger Arbeit, durch seine Ausbeutungskraft gar wohl „gesetzlicher Weise" in usurpatorische Hände gerathen ist, baldhin aber durch veränderte Umstände auf dem wahren Rechtswege seinem legitimen Eigenthümer — dem produzirenden Volke — allmälig wieder zufließen wird, so sind wir auch der festen Meinung, daß die thatsächliche Gleichberechtigung aller werkthätigen Menschen am Genusse der Gaben der Natur, Wissenschaft, Kunst und des Gewerbfleißes durch die hieraus erwachsende Vergrößerung der Konsumtion auch die Vermehrung der Produktion und somit durch die hienach wiederum gesteigerte Regsamkeit geistiger und materieller Kräfte, stetsfort die Verallgemeinerung und Erhöhung der Kultur zur Folge haben muß.

Unter Kapital verstehen wir alle aufgehäuften nach der heutigen Praxis. kapitalisirbaren Werthgegenstände und neben den Schätzen im Schooße der Erde namentlich jeden Grund und Boden — als wichtigstes Erzeugungsinstrument aller Rohstoffe zur Bearbeitung für Nahrung, Kleidung und Wohnung.

X. Durch gerechte Regelung des Lohnes für die Vermittelung der Erzeugnisse zum Verbrauche, soll mit Beseitigung der auf Kosten der Erzeuger und Verbraucher lebende Spekulation, auch die Abschaffung der Anarchie in der Produktion und Konsumtion überhaupt bewirkt werden.

XI. Ebenso werden wir auch nie, in Behandlung praktischer Fragen, der Spekulation auf dem Gebiete des Geistes (spekulativen Philosophie) irgendwie eine Berücksichtigung zu Theil werden lassen.

Obwohl das Endziel unserer Bestrebungen der Zukunft angehört, werden wir uns dennoch keiner Vernachlässigung der Aufgabe der Gegenwart schuldig machen, sondern allzeit und überall, an Thatsächliches anknüpfend, den Boden der Gegenwart für eine bessere Zukunft vorzubereiten suchen.

Indem wir zunächst unsere Anschauung mit dem Standpunkte der Wissenschaft in Uebereinstimmung zu bringen, unsere Grundsätze in Erläuterung und Verbreitung zum Gemeingute Aller zu machen trachten, wollen wir jederzeit, wo es die Verhältnisse ermöglichen, vom Idealismus zum Realismus, von der Theorie zur Praxis übergehen.

Wir wissen wohl, daß dem Umschwunge der Dinge der Umschwung der Geister — der Weltanschauung und Gerechtigkeitsbegriffe — vorangegangen sein muß, daß wir mit dem Sturze der Thrannei ererbter Vorurtheile, der Wegwerfung des Hemmschuhs fauler Gewohnheiten den Anfang machen müssen.

XII. Wenn wir für das allgemeine und direkte Wahl= und Stimmrecht, als eine der vornehmlichsten Waffen zur Erkämpfung der politischen Emanzipation der Arbeiterklasse einstehen, so wissen wir sehr gut, daß zur richtigen Verwendung dieser Waffe, will man sich nicht selbst damit verwunden, die rechte Kenntniß ihrer Hand= habung und vor allen Dingen die volle Frei= heit der Bewegung — allgemeine Volksbewaff= nung — gehört.

XIII. Wie wir der angeblichen Nationalöko= nomie, der eigentlichen Privatökonomie der Glieder der Bourgeoisklasse, die soziale Oekonomie, die Oekonomie des Gemeinwesens gegenüber stellen, so stellen wir unsern zu errichtenden Volksstaat, als Ausdruck des Gesammtdenkens, Wollens und Schaffens dem indivi= dualisirenden, die Gesellschaft in ihre Bestandtheile auflösenden Herrenstaat gegenüber — ja dem modernen Herrenstaat, wo Jeder sachgemäß für sein Dasein vereinzelt kämpfen muß, der Gemeinschaft sich aus Gnade annimmt, wenn er „Zeit hat", oder nebenbei seinen Privatinteressen einen Vorschub zu leisten hofft, in den Rathsälen mehr an seine Privat= spekulationen in Eisenbahnaktien, Baumwolleballen u. s. w., als an's Volkswohl denkt, lieber Bankpräsident wird, als Regierungspräsident bleibt, eher sein Talent einer Saline= verwaltung verkauft, als einer Staatsverwaltung widmet, wo endlich in einem allgemeinen „sauve qui peut" (es rette sich, wer kann) Alles wild übereinander stürzt, im „Kriege Aller gegen Alle" jedes Staatswesen zur Karrikatur, jede Gemeinschaft zum Schattenbilde herabsinken muß, wo unsere Zustände stumpfem Chinesenthum anheimfallen müßten, wenn nicht eine regeneri= rende Jugendkraft die Kultur vor Untergang erretten und ihre Errungenschaften zu höheren und allbeglückenderen Glanz= punkten emporheben würde.

XIV. Diese Regenerationskraft kann aber nicht bei

der durch die Zustände befriedigten, ihrem innersten Wesen gemäß konservativen Bourgeoisie, sondern nur bei dem unterdrückten, nach Umgestaltung sich sehnenden Proletariat — der Arbeiterklasse — im Schooße der großen Mehrheit des Volkes gesucht und gefunden werden — ja die sich hiezu von selbst schon rüstig eingestellt hat.

XV. Die untrüglichen Gewährschaften für die Existenz, Fortpflanzung, das Recht und die Wohlfahrt des Einzelmenschen und der Familie, sowie für den Lohn quantitativer und qualitativer Leistung ergeben sich durch die Gesammthaftbarkeit aller Staatsmitglieder in engerem und aller Kulturvölker in weiterem Sinne.

XVI. Die persönliche Freiheit wollen wir nicht, wie sie der Vorstellung der Bourgeoisie zu Grunde liegt und in der heutigen Gesellschaft praktizirt wird, nach dem Maße des Privatbesitzes, wobei man Geld und Gut mit Verstand und Kenntnisse, Dünkelhaftigkeit mit Ueberlegenheit, Uebervortheilung mit Berechtigung, Willkür mit Freiheit, Vornehmthuerei mit seinem Geschenke u. s. w. verwechselt, gelten lassen; sondern wir wollen jedem Menschen ohne Unterschied die gleiche persönliche Freiheit verschafft wissen, indem ihm die geistigen und materiellen Mittel geboten werden sollen, sie in Unabhängigkeit und Vernünftigkeit anzuwenden — nur zu thuen, was Jedem nützt und Keinem schadet — was, weil allgerecht, auch allvernünftig und allsittlich ist und jeden einsichtsvollen Egoismus zufrieden stellen wird.

Nur wo Jeder durch materielle Unabhängigkeit so viel Freiheit, wie jeder Andere ausüben kann, herrscht thatsächliche Gleichberechtigung und Allgerechtigkeit.

XVII. Wie die derzeitige Theorie der „freien

Konkurrenz" in's Praktische übersetzt, Kapitalmono=
polisirung heißt, so bedeutet die Bourgeoisielehre von der
„persönlichen Freiheit" die Kapitalherrschaft — Herren=
freiheit und Arbeitssklaverei — Volksknechtschaft.

XVIII. Wenn die mittelalterliche Weltanschauung in frommem
Ernst und Konsequenz die Verantwortlichkeit für die Un=
gerechtigkeiten zeitweiliger Zustände einer göttlichen Anord=
nung ganz zuschob, dies in Inkonsequenz und Heuchelei von
der modernen, offiziell gepflegten Weltanschauung heute noch
theilweise geschieht, so machen wir dagegen die Mensch=
heit für alle Gebrechen und Ungerechtigkeiten
der gesellschaftlichen Zustände ganz allein ver=
antwortlich.

Darum beruht unsere Moral nicht auf Glauben,
sondern auf Wissen, nicht auf Gnade, sondern auf Selbst=
hülfe, nicht blos auf Unterlassung des Bösen, sondern auf
Schaffung des Guten.

XVIII. Wir erkennen keine zweifache Lebens-auf=
gabe, eine für das leibliche und eine andere für das geistige
Wohl — „das Seelenheil" — sondern nur die, vom
Standpunkt der Wissenschaft gerechtfertigte
Einheit aller menschlichen Lebensregungen an.

XIX. Wir trennen nicht die soziale von der politischen
Frage, nicht die Gesellschaft vom Staate, sondern fassen sie in
einen und denselben Gedanken zusammen, der das Wesen
des Menschen ganz erfüllt und in seiner Ausführung die
Bedürfnisse des Leibes, Geistes und Gemüthes harmonisch
befriedigt, zu kraftvollem Schwunge erhabenster Gesittung —
werkthätiger Religiosität — zur höheren „Poesie des Lebens"
befähigt.

Wir wissen, daß durch die Reibung der Gegensätze das
Licht der Wahrheit entzündet und dem Entwicklungspro=
zesse der Weltgeschichte Energie und Gebährungsstoff ver=
liehen wird.

Für uns ist der Weg der Kulturgeschichte, der Weg aus dem Reiche der Finsterniß (Hölle), der Unwissenheit und Rohheit, des Irrthums und der Bosheit in das Reich des Lichts (Himmel), der Wissenschaft und Bildung, der Erkenntniß und Liebe.

XX. Wir werden tolerant sein, andern Meinungen nur die Kraft der Wahrheit entgegenstellen; denn wir wollen überzeugen und nicht zwingen, belehren und nicht bethören, demokratisiren und nicht demagogisiren, wollen moralisiren und diszipliniren, durch selbstständige Gesammterkenntniß zu innigem Gemeinverständniß, durch Gesammtwille zur Gemeinthat gelangen; wollen durch die Selbstthätigkeit Aller — wo Jeder nach Kraft und Befähigung seinen Platz findet, ein passendes Bruchstück zum großen Ganzen zu liefern — den künftigen Zuständen in Form und Inhalt den Stempel des Gleichgewichts und der Harmonie aller geistigen und materiellen Schöpfungen aufgedrückt wissen.

Dies kann jedoch nur geschehen, wo der durch Wahrnehmung der Thatsachen in Ursprung und Wirkung erwachsende Gedanke zugleich der ideale Zielpunkt unserer Kultur, mit den Interessen der unterdrückten Klassen und dem Bedürfnisse hochherziger und opferwilliger Menschen in Uebereinstimmung steht.

XXI. Was wir unter einem leitenden Gedanken des Geschichtsganges, die Zustände umgestaltenden Zeitgeiste verstehen, kann nie die Erfindung und das Eigenthum dieses oder jenen Kopfes, sondern nur die Schöpfung und das Gemeingut zeitweiliger Generationen sein, um, wie es selbst aus überliefertem Material geschöpft, als vermehrtes und veredeltes Werk das Erbtheil kommender Geschlechter, also wiederum eine weitere Staffel zu immer höheren Kulturzuständen zu werden.

XXII. Wir werden keine alleinseligmachende

Weltbeglückungssysteme aufstellen, keine fertigen Universalerlösungsmittel in Vorschlag bringen, sondern immer nur thatsächlichen Entwickelungen die Bahn beleuchten, bestehende Hindernisse aus dem Wege zu räumen suchen und so die Kulturgeschichte, wie es stets geschieht, ihren Beruf durch sich selbst erfüllen lassen.

XXIII. Freilich muß erst der veraltete Geist abgestorben, müssen erst die Zwingburgen in Trümmer gefallen und die Schutthaufen weggeräumt sein, ehe der Neubau endgiltig geplant und thatsächlich in Angriff genommen werden kann.

XXIV. Und obwohl unser Gang ein friedlicher, so werden wir dennoch, wo uns brutale Gewalt in den Weg tritt, nicht bei Worten stehen bleiben, und immer und überall den Rath geben, sich eisenbewaffnetem Feinde mit andern Dingen als Redesalben, Weihwedel und Rosenwasser entgegen zu werfen."

Die besondern Anträge des Vorortes waren in der folgenden Form dem Vereinstage vorgelegt:

„Der zu Nürnberg versammelte fünfte deutsche Arbeitervereinstag macht das Programm der internationalen Arbeiter-Assoziation zu dem seinigen und erklärt in Uebereinstimmung mit demselben:

1) Die Emancipation (Befreiung) der arbeitenden Klassen muß durch die arbeitenden Klassen selbst erobert werden. Der Kampf für die Emanzipation der arbeitenden Klassen ist nicht ein Kampf für Klassenprivilegien und Monopole, sondern für gleiche Rechte und gleiche Pflichten und für die Abschaffung aller Klassenherrschaft.

2) Die ökonomische Abhängigkeit des Mannes der Arbeit von dem Monopolisten (dem ausschließlichen Besitzer) der Arbeitswerkzeuge bildet die Grundlage der Knechtschaft in jeder Form, des socialen Elends,

der geiſtigen Herabwürdigung und politiſchen Ab=
hängigkeit.

3) Die **politiſche** Bewegung iſt das **unentbehrliche**
Hülfsmittel zur öconomiſchen Befreiung der arbeitenden
Klaſſen. Die **ſoziale Frage** iſt mithin **untrenn-
bar** von der **politiſchen**, ihre Löſung durch
dieſe bedingt und **nur möglich im demokratiſchen
Staat.**

Ferner in Erwägung:

„daß alle auf die ökonomiſche Emancipation gerichteten
Anſtrengungen bisher an dem Mangel der Solidarität
(Vereinigung) zwiſchen den vielfachen Zweigen der
Arbeit jeden Landes und dem Nichtvorhandenſein eines
brüderlichen Bandes der Einheit zwiſchen den arbeiten=
den Klaſſen der verſchiedenen Länder geſcheitert ſind;
daß die Emanzipation der Arbeit weder ein lokales,
noch ein nationales, ſondern ein ſoziales Problem (Auf=
gabe) iſt, welches alle Länder umfaßt, in denen es
moderne Geſellſchaft gibt, und deſſen Löſung von der
praktiſchen und theoretiſchen Mitwirkung der vorge-
ſchrittenſten Länder abhängt; beſchließt der fünfte deutſche
Arbeitervereinstag ſeinen Anſchluß an die Beſtrebungen
der internationalen Arbeiter=Aſſoziation.“

5.

Wer dies Programm des internationalen Arbeitervereins
liest, wird geſtehen, daß es jedenfalls ein wunderliches Mach=
werk iſt. Ein ſchlichter „Arbeiter“ hat es nicht entworfen,
nicht aufgeſtellt, nicht abgefaßt; und ebenſo wenig wird ein
ſchlichter, noch ſo gebildeter „Arbeiter“ im Stande ſein, das=
ſelbe in allen ſeinen Einzelheiten zu verſtehen, die Mehrzahl
ſeiner hochtönigen Phraſen in die Sprache des geſunden
Menſchenverſtandes zu überſetzen. Es iſt eine wahre Jronie,
wenn es (XI) heißt: „Nie werden wir in Behandlung prakti=

scher Fragen der Speculation auf dem Gebiete des Geistes (speculativen Philosophie) irgendwie eine Berücksichtigung zu Theil werden laſſen"; und wenn dann das ganze Schriftſtück ſich eines speculativ-philosophiſchen Sprachſchwulſtes befleißigt, der wohl einen verrannten Katheberhelden der philosophiſchen Facultäten deutſcher Univerſitäten eiferſüchtig machen könnte, den aber die Werkſtatt und das Volksleben nicht zu verſtehen im Stande iſt. —

Wenn unter hundert „Arbeitern" E i n e r , — ſage E i n e r — weiß, was die folgenden Phraſen in klaren, einfachen Gedanken bedeuten wollen, ſo ſind wir gerne bereit, innezuhalten, ſtillezuſtehen und uns eines Beſſern belehren zu laſſen.

Was heißt (XV):" die untrüglichen Gewährſchaften für die Exiſtenz, Fortpflanzung, das Recht und die Wohlfahrt des Einzelmenſchen und der Familie, ſowie für den Lohn quantitativer und qualitativer Leiſtung ergeben ſich durch die Geſammthaftbarkeit aller Staatsmitglieder im engeren, und aller Kulturvölker im weiteren Sinne?"

Was iſt die „vom Standpunkt der Wiſſenſchaft gerecht= fertigte Einheit aller menſchlichen Lebensregungen?" (XVIII)

Was heißt es, wenn das Programm ſagt: „Wir wollen den zukünftigen Zuſtänden in Form und Inhalt den Stempel des Gleichgewichts und der Harmonie aller geiſtigen und materiellen Schöpfungen aufgedrückt wiſſen." Das iſt ſchon ein ziemlich knolliger Brocken hochſpeculativer philosophiſcher Phraſeologie; aber es kommt noch beſſer, wenn das Programm fortfährt und hinzufügt: „dies kann jedoch nur geſchehen, wo der durch Wahrnehmung und Thatſachen in Urſprung und Wirkung erwachſende Gedanke zugleich der ideale Zielpunkt unſerer Kultur, mit den Intereſſen der unterdrückten Klaſſen und dem Bedürfniß hochherziger und opferwilliger Menſchen in Uebereinſtimmung ſteht." — (XX)

Und nun höret weiter: „was w i r unter einem leiten= den Gedanken des Geſchichtsganges, die Zuſtände umgeſtalten=

den Zeitgeiste verstehen." — Nun, was verstehen w i r denn darunter? Ja, das sagt uns der Programmverfasser nicht, er sagt uns, fortfahrend, nur: „das kann nie die Erfindung und das Eigenthum dieses oder jenes Kopfes, sondern nur die Schöpfung und das Gemeingut zeitweiliger Generationen sein, um, wie es selbst aus überliefertem Material geschöpft, als vermehrtes und veredeltes Werk das Erbtheil kommender Geschlechter, also wiederum eine weitere Staffel zu immer höheren Kulturzuständen zu werden."

Man braucht solche Phrasen nur zu lesen, um sicher zu sein, daß sie nicht in dem Kopfe eines Arbeiters, der den Hammer schwingt oder die Nadel führt, der die Axt braucht oder das Weberschiff wirft, entstanden sind. Ich darf es ja wohl sagen, denn ich selbst bin ja Einer von der Zunft der Gelehrten, so denken, sprechen, schreiben nur „Gelehrte", nur Männer von der Feder, und nicht vom Leder. Um so unberechtigter ist dann aber auch der „Arbeiter", der auf solche Phrasen fußend, sich, wie der ein und andere der Arbeiter auf dem Vereinstage, stolz den „Herren", die diese Phrasen bekämpfen, gegenüber erhebt und ausruft: „Laßt uns Arbeiter unsere Sache allein ausfechten, was geht Euch Herren Gelehrte unsere Angelegenheit an." —

Sagt das denen, die Euch ein solches Programm vorlegen, und Ihr habt Recht; denn sie narren Euch mit hochtrabenden Phrasen speculativer Philosophie, unter welcher sie sich, Gott weiß was, denken, die sie aber wahrscheinlich selbst nicht klarer aussprechen können, weil sie selbst sich nicht klarer sind, und die — jedenfalls Ihr guten und braven Arbeiter, so wenig als wir gelehrten „Herrn", versteht. —

6.

Ein anderer Theil des Programms (Absatz XI., XVI, XXII) besteht aus ganz gewöhnlichen, allanerkannten Wahrheiten, in ungewöhnlicher Form als etwas ganz Besonderes hingestellt.

In der letzten Nummer XXII heißt es:

„Wir werden keine alleinseligmachende Weltbeglückungs=
systeme aufstellen, keine fertigen Universalerlösungsmittel in
Vorschlag bringen, sondern immer nur thatsächlichen Ent=
wickelungen die Bahn beleuchten, bestehende Hindernisse aus
dem Wege zu räumen suchen und so die Kulturgeschichte, wie
es stets geschieht, ihren Beruf durch sich selbst erfüllen lassen.“

Muß man nicht staunen, ob dieser weisen Mäßigung?
„Die Kulturgeschichte — wollen w i r ihren Beruf durch sich
selbst erfüllen lassen.“ Da hätten wir nun ganz recht, und
thäten klug, das Rad der Weltgeschichte nicht durch ein „neues
Weltbeglückungssystem“, durch eine „neue Gesellschaftsform“
hemmen zu wollen, weil sonst doch wohl das Rad den Frevler
zerschmettern würde.

Aber doch wollen w i r nicht ganz ruhig zusehen. Denn
„Freilich muß erst der veraltete Geist abgestorben, müssen erst
die Zwingburgen in Trümmer gefallen, die Schutthaufen weg=
geräumt sein, ehe der Neubau endgültig geplant und thatsäch=
lich in Angriff genommen werden kann!“ (XXIII)

Das Alles sind hochtrabende Gemeinplätze, geschraubte
Gewohnheitsredensarten aller Parteien, die außer der in=
nern Hohlheit noch den äußeren Mangel einer gründlich schlech=
ten Sprache haben. Wäre das Programm das Werk eines
Arbeiters, so würden wir dies verzeihen. Jedenfalls haben
wir aber nicht Lust, die Sprachfehler, die Schriftnachlässigkeiten
dem Werke nachzurechnen.

7.

Wir wollen hier, nach dem Beispiele der Friedensliga,
die drei Seiten der einzelnen Probleme, die religiöse, die po=
litische, die öconomische, näher ins Auge fassen.

Das r e l i g i ö s e G l a u b e n s b e k e n n t n i ß d e s
P r o g r a m m s heißt: (XVII und XVIII)

An Stelle einer „g ö t t l i c h e n A n o r d n u n g“ — „machen

wir die Menschheit für alle Gebrechen und Ungerechtig=
keiten der gesellschaftlichen Zustände ganz allein verantwortlich."—

„Darum beruht unsere Moral nicht auf Glau=
ben, sondern auf Wissen, nicht auf Gnade, sondern auf
Selbsthülfe, nicht blos auf Unterlassung des Bösen, sondern
auf Schaffung des Guten."

„Wir erkennen keine zwiefache Lebensaufgabe, eine für
das leibliche und eine andere für das geistige Wohl — „das
Seelenheil" — sondern nur die, vom Standpunkt der Wis=
senschaft gerechtfertigte Einheit aller menschlichen Lebensre=
gungen an." —

Klar ist das nun freilich nicht. Wahrscheinlich soll es
heißen: „Einen Gott kennen wir nicht; auch ein „Seelenheil",
ein Seelenleben ist Unsinn!"

Das wäre das Faßbare in der Verneinung; — die
Redensart: „die vom Standpunkte der Wissenschaft gerechtfer=
tigte Einheit aller menschlichen Lebensregungen" — soll wohl
das Bejahende, Behauptende, das Wissen in dem Glaubens=
bekenntnisse andeuten. Sonst sagte man: „Wer glaubt, wird
seelig." Das Programm denkt: „Wer weiß, wird seelig!"

Wir sagen: „Wem das klar ist, der mag sich dran son=
nen!" Und setzen einfach hinzu: „Deßwegen keine Feindschaft
nicht. Bei uns kann Jeder seelig werden auf seine Facon!"

Proudhon hat in einer seiner Schriften zwölf Gründe
angeführt, warum er an keinen Gott glaube, — denn setzte
er hinzu: „Ich kann aber nicht ohne Gott fertig werden; — ja
ich brauche ihn selbst zu meinem Style" — Das genügt uns,
die wir Gott auch sonst noch brauchen.

8.

Die politische Seite der sozialen Aufgabe der Ge=
genwart ist dagegen klar angedeutet in dem Programm, und
wir freuen uns, hier gleich von vornherein sagen zu dürfen,
daß wir hier mit dem Programm einverstanden sind.

„Herstellung des Einen, freien Volksstaates;" — (I)

„Ebenbürtigkeit aller Völker in dem freien Bunde einer Völkereidgenossenschaft;" (II)

„Bekämpfung des Kriegsgeistes und aller Racenabneigungen;"

„Freie und einheitliche Gestaltung Deutschlands;" (IV)

„Allgemeines und direktes Stimmrecht;" —

Das sind die politischen Grundsätze, welche das Programm aufstellt und welche wir freudig unterschreiben.

9.

In Bezug auf die „öconomische" — vielleicht sollten wir sagen: „socialpolitische" Seite des Programms bedauern wir ganz besonders, demselben hier nur theilweise zustimmen zu können, den Rest aber bekämpfen zu müssen. Unserer Ansicht nach ist ein Theil der aufgestellten socialpolitischen Grundsätze des Programms gesund, ein Theil derselben ungesund, in sich bodenlos, in ihren Folgen unheilvoll für die Arbeiter und die menschliche Gesellschaft. —

Wieder in allgemeinen großen Redensarten, sagt das Programm:

„Vor allem und überall wollen wir uns die politische und öconomische Emancipation der Arbeiterklasse, die Befreiung der großen Mehrheit aller Völker vom Doppeljoche — der Gewalt der Bajonette und der Macht des Privatcapitals — zum Ziele setzen." (V)

„Wir wollen an die Stelle der Oberherrlichkeit des Privatcapitals den Segen gemeinsamer Arbeit, an die Stelle der „freien Concurrenz" unter dem Kapitalzwang die freie Concurrenz unter der allgemeinen Bewegung intellectueller und materieller Arbeitskraft gesetzt wissen." (VI)

„Wir wollen „Selbsthülfe", wo sie collective — genossenschaftliche, und wir wollen Staatshülfe, wo sie Volkshülfe, d. h. die durch die Volksmajestät sich selbst gebotene Hülfe bedeutet." (VII)

So weit, und wie wir diese Stellen verstehen, könnten wir uns mit denselben einverstanden erklären.

Wir fragen nur noch in Bezug auf eine der angeführten drei Phrasen: Was ist: „Concurrenz unter der allgemeinen Bewegung intellectueller und materieller Arbeitskraft?"

Wenn uns dies ein „Arbeiter" sagen kann, so soll es uns freuen. Vorerst, und ehe dies geschehen, nur noch ein paar Worte über Staatshülfe und Selbsthülfe.

10.

Wenn der „Arbeiter" für seine Ziele Staatshülfe nachsucht, so ist er dazu ebenso, nicht mehr und nicht weniger, berechtigt, als wenn irgend ein Bürger einer andern Klasse für seine Ziele die Hülfe des Staates beansprucht und verlangt. Die junkerlichen Creditanstalten mit Staatscapital in Preußen, die Befreiung von Steuerlasten und Kriegs=dienst für deutsche Reichsunmittelbare, der einjährige Dienst für die Reichen, der dreijährige für die Armen, die Protectionszölle für Fabriken und Industriezweige der verschiedensten Art, die Procentengarantie des Staates für Privateisenbahnunterneh=men, das ganze Steuer= und Zollsystem der Gegenwart, das den Reichen bevorzugt, den Armen langsam aussaugt u. s. f. das Alles ist Staatshülfe zum Vortheile des einen oder andern Standes, der einen oder andern Klasse der Gesell=schaft. Es ist wohl kein denkender Staatsökonom darüber im Zweifel, daß eine solche Staatshülfe, wenn sie auch hier und dort ausnahmsweise und zeitweilig ihre gute Folgen für den Staat, die Gesellschaft haben kann, doch stets eine Be=vorzugung des einen Theiles der Gesellschaft ist, und eine solche Bevorzugung Eines Theiles stets in ihren letzten Folgen zur Benachtheiligung des Ganzen ausfällt.

Die Staatshülfe für Privatzwecke ist stets eine Ungerechtigkeit und in der Regel auch ein Unheil für die Gesellschaft. Die Bevorzugung

des Adels durch Creditkassen, durch Steuernachlasse, durch Be=
freiung von Steuerlasten schaffen die privilegirte Junkerklasse,
welche, leicht des Lebens Bedarf gewinnend, in Hochmuth die
Arbeit verachtend, sich über das Gesetz des Staates und der
Gesittung erhaben dünkend, alle andern Klassen der Gesell=
schaft unterdrücken hilft.

Die Bevorzugung der Industrie und des Capitals durch
Schutzzölle, gesicherte Prozente und Steuervortheile schaffen
Auswüchse im Bedürfnißleben der Völker, gründen unnatür=
liche Schmarotzerindustrien am Lebensbaume der Nationen, er=
zeugen unberechtigte Bereicherung der geschützten Industrien,
und folgerecht Ausbeutung der auf diese geschützte und so ver=
theuerte Industrie angewiesenen Volksklassen.

Abschaffung, Beseitigung jeglicher Staats=
hülfe für Privatziele und für einzelne Klassen der Gesell=
schaft muß also die Losung jeder gesunden Socialpolitik oder
Nationalöconomie sein.

So lange die Junker, die Industriellen, die Capitalisten,
irgend Staatshülfe in der angedeuteten Art erlangen, sind aber
auch die Arbeiter zu dieser Forderung wenigstens ebenso
berechtigt, wie die Junker, die Industriellen, die Capitalisten.

Wenn aber Staatshülfe bei den Junkern, den Indu=
striellen, den Capitalisten eine Ungerechtigkeit gegenüber allen
andern Klassen der Gesellschaft ist, so würde Staatshülfe für
die „Arbeiter" deswegen grundsätzlich nicht anders zu be=
urtheilen sein.

Wie aber Staatshülfe bei den Junkern, Industriellen,
Capitalisten stets unheilvoll für die ganze Nation sich er=
wiesen hat, so würde auch in dieser Beziehung Staatshülfe
für die Arbeiter ihr Wesen nicht ändern. Staatshülfe für
die „Arbeiter" würde die Arbeiter, so gut wie die Junker,
vom Staate abhängig machen; würde sie, so gut wie die
Industriellen und Capitalisten, zum Nachtheile anderer Klassen
bevorzugen; würde, in Folge der leicht gewonnenen Vortheile

durch Staatshülfe das Wesen der Arbeit und der Arbeiter selbst an der Wurzel angreifen, und so zum Unheile der Arbeit und der Arbeiter selbst und des ganzen Volkslebens ausschlagen.

Staatshülfe für einzelne Kreise des Staatslebens, der Gesellschaft ist stets ein Unrecht, eine Unnatur, ein Unglück für die ganze Nation. Beseitigung jeglicher Staatshülfe muß das Streben jeder gesunden Staats- und Nationalöconomie sein. Neue Staatshülfe zum Besten einzelner Arbeiterkreise, oder auch des ganzen Arbeiterstandes schaffen, heißt das unnatürliche Uebergewicht von einer Schulter auf die andere laden, heißt neue Schmarotzerpflanzen im Volks- leben erziehen, um so gefährlicher als der Boden, in den der Samen jetzt gelegt werden soll, der Art ist, daß die Schma- rotzerpflanze bald genug alle gesunde Frucht überwuchert und vernichtet haben würde. —

Wenn das Programm nun sagt: „Wir wollen Staats- hülfe, wo sie Volkshülfe d. h. die durch die Volksmajestät sich selbst gebotene Hülfe bedeutet;" — so ist dies in der That nichts anderes, als was jetzt die herrschenden Junker sagen und thun, wenn sie die Staatshülfe durch „die Majestät des von ihnen beherrschten Staates und Königs sich selbst bieten". Ob der Adel, ob die Bourgeoisie, ob die Arbeiterklassen die Herrschaft benutzen, sich selbst Staatshülfe zu bieten, ändert im Wesen die Staats- hülfe nicht. Sie ist und bleibt, von wem sie geboten wird, stets ein Unrecht gegen alle andere Klassen der Gesell- schaft, überall ein Unglück für die ganze Gesellschaft.—

11.

Selbsthülfe ist und bleibt also für den Arbeiter, der stolz genug sein sollte, nicht in die ausgefahrenen Geleise der privilegirten Junkerei und der protegirten Industrieritterschaft einlenken zu wollen, das Mittel zum Heile.

Wir wollen „Selbsthülfe", wo sie collective — genossen- schaftliche — bedeutet;" — sagt das Programm.

Warum nicht vorerst und vor Allem: p e r s ö n l i ch e S e l b st h ü l f e?

Wir verstehen unter „persönlicher Selbsthülfe“ einfach: Fleiß und Redlichkeit, Sparsamkeit und Ordnungsliebe, Bescheidenheit, Ehrenhaftigkeit und Sittlichkeit vor Allem.

Und wir gestehen gerne, daß wir d i e s e persönliche Selbsthülfe für die erste und unerläßlichste halten, daß, wo d i e s e persönliche Selbsthülfe fehlt, alle collective — genossenschaftliche Selbsthülfe und ebenso alle Staatshülfe nutzlos sein wird; denn ohne d i e s e persönliche Selbsthülfe fällt alle collective und genossenschaftliche Selbsthülfe und alle Staatshülfe bei den „Arbeitern“, bei allen Arbeitern aller Klassen der Gesellschaft, in einen bodenlosen, Alles verschlingenden und Nichts herausgebenden Abgrund.

Handwerk hatte und hat noch heute einen goldenen Boden überall, wo die persönliche Selbsthülfe des Fleißes und der Sparsamkeit, der Redlichkeit und der Bescheidenheit, der Ehrenhaftigkeit und der Sittlichkeit diesen Boden bildeten und bilden. Und wo Arbeitscheu und Verschwendung, Unredlichkeit und Hochmuth, Ehrlosigkeit und Sittenlosigkeit den Boden im Leben des Menschen bilden, da ist dieser Boden ein verpesteter Sumpf, in dem kein Gold liegt und in dem kein Saamenkorn Wurzel schlagen und gute Früchte tragen kann.

Irre ich nicht, so sehe ich im Geiste das Hohnlächeln auf den Lippen manches Gegners dieser altmodischen, hausbackenen, längst vielfach abhanden gekommenen Grundsätze. Es ist das natürlich, wer sich ins Schlepptau von einer Lassalle'schen Richtung nehmen lassen, wer einen Herrn von Schweitzer zum Präsidenten seiner Gesellschaft ernennen, wer derartigen Erscheinungen nur die Hand reichen kann, der muß d i e s e persönliche Selbsthülfe lächerlich zu machen suchen, denn wo ihm dies nicht gelingt, muß er nothwendig verächtlich erscheinen.

Ein Lassalle, ein von Schweitzer — das sind die rechten Vorkämpfer des Arbeiters! Mit dem ersten öffentlichen Schritte hat Lassalle ein paar Freunde zu einem Diebstahl verleitet, um einer Frau, die ihrem Manne untreu war und sich dann mit andern Männern in der Welt schamlos herumtrieb, ihre Liebesdienste durch ein Verbrechen zu vergelten; mit dem letzten Schritte, einem Duell, hat er sein ganzes Leben und Streben Lüge gestraft. Nur dann ist sein Tod auf der Mensur logisch, wenn dieser Tod, wie die öffentlichen Blätter letztlich andeuteten, die Folgen des Hasses und der Eifersucht der grauen Gräfin war, die, nachdem sie Lassalle ein ganzes Leben hindurch getragen, mit Allem, was sie war und was sie bieten konnte, unterstützt hatte, schließlich kalt bei Seite geschoben werden sollte und dafür ihren satten Geliebten der Pistole des Nebenbuhlers gegenüberstellte. Das ganze Leben und Treiben Lassalle's ist — von der ersten bis zur letzten Stunde — ein Hohn gegen den Geist der Arbeiter und aller Arbeit, die einen goldenen Boden in persönlicher Selbsthülfe, in Fleiß, Ordnung, Ehrenhaftigkeit und Sittlichkeit findet.

Deswegen leugnen wir nicht, daß Lassalle ein wunderbar begabter Mensch gewesen, leugnen wir nicht, daß er auch der Arbeiterfrage einen neuen Anstoß gegeben hat; aber wir setzen hinzu, daß diejenigen, welche durch diesen Anstoß dahin geführt werden konnten, ohne Scham daran zu denken, Männer, die von Gericht und Rechtswegen um öffentlicher Unsittlichkeit, gemeiner Verbrechen willen verurtheilt wurden, zu ihren Vorkämpfern zu machen, — nur dem dunklen Schatten in Lassalle's Leben und Treiben sich hingegeben haben. *)

---

*) In dem Statut, welches der Schweizerische Arbeiterverein eben aufgestellt hat, heißt es: „Solche Vereinsgenossen, welche eines entehrenden Verbrechens wegen bestraft worden sind, haben nachzuweisen, daß sie sich nach verbüßter Strafe ein halbes Jahr lang untadelhaft aufgeführt haben. — Ueber die Frage ob ein Verbrechen als entehrend zu betrachten, entscheidet das Präsidium und der Ausschuß" — das Präsidium: Hr. v. Schweitzer und Hr. Fritsche! Merken denn die Arbeiter nicht, wie sie hier verhöhnt werden?

Als ein paar Lassallianer (Dr. Kirschner von Hildesheim und Karl Hirsch aus Berlin) auf dem Arbeitervereinstage für das Programm, für den Anschluß an die internationale Arbeiterassociation eintraten, da hofften wir, daß diese wunderlichen Bundesgenossen und Vertheidiger der internationalen Association den Freunden der letzteren unangenehm genug, den Gegnern aber gerufen kommen müßten, denn solche Hülfe kann in den Augen schlichter, strebsamer, freiheitsliebender aber auch Ordnung und Gesittung ehrender deutscher Arbeiter der Sache, für die sie eintreten, nur schaden.

Und wieder, als der Eine dieser beiden Lassallianer (Hr. Karl Hirsch) mit etwas Hohn von „Venedey und seinem wohlgemeinten Antrage", zu sprechen sich berufen glaubte, da fühlte ich recht wohl, wie verdient ich diesen Angriff hatte, denn ich hatte ja mein ganzes Leben hindurch, so oft mir sich die Gelegenheit privatim und öffentlich geboten hat, vor dem Meister einen so offenen Abscheu bekundet, daß der Schüler auch sein Theil herausgeahnt haben mochte, und Vergeltung übte. Ich aber rechne mir solche Angriffe zur Ehre an.

Die Lassallianer brauchen, wenn sie des Meisters Spur folgen, wenn sie ihrer Führer würdig sein wollen, jener persönlichen Selbsthülfe des stillen Fleißes, der stetigen Ordnung, der einfachen Manneswürde, der achtunggebietenden Sittlichkeit nicht. Das ist Alles veraltete Philisterei, — und deßwegen brauchen sie ein wenig der collectiven, der genossenschaftlichen Selbsthülfe, sehr viel aber Staatshülfe. Sie wird ihnen werden, denn so gut, wie Herr v. Bismarck gefühlt, daß er auf Lassalle im Falle der Noth rechnen könne, so gut wird der „Staat" stets wissen, daß ächte Lassallianer, durch „Staatshülfe" seine stets gefesselten Bundesgenossen, gelegentlich gegen alle andern Klassen der Gesellschaft ausgenutzt werden können.

12.

„Wir werden Arbeitergenossenschaften jeder Art — — in jeder Weise begünstigen."

„Mit dem, in allen modernisirten Staaten als Logik geschichtlich wirkender Thatsachen erwachsenen und schon deshalb unabweislichen und unausweichbaren **Arbeitergenossenschaftswesen**, sehen wir in der Geschichte mit Hebelkraft und Massengewicht jenen Stützpunkt geboten, worauf, wenn die geistige Leitung und das gemeinsame Kraftgefühl nicht fehlt, **die alte Ordnung aus den Angeln gehoben und den modernen Zuständen eine neue Gesellschaftsform aufgeprägt werden wird.**"

Die **Arbeitergenossenschaften** sind **die vollberechtigte Selbsthülfe des Arbeiters. Unterstützungsgenossenschaften, Creditgenossenschaften, Operativgenossenschaften** sind allwirkende Mittel, den Arbeiter gegen Uebervortheilung zu schützen, vom Drucke des Capitals zu befreien. Sie überall herstellen und fördern helfen, ist die Pflicht jedes Arbeiters und jedes Freundes der Arbeiter. Die beste Unterstützung für die Arbeitergenossenschaften, die sicherste, die allein sichere Grundlage jeder genossenschaftlichen Selbsthülfe aber ist auch hier wieder die persönliche Selbsthülfe des Fleißes, der Ordnung, der Ehrenhaftigkeit, der Gesittung. Wo diese in den genossenschaftlich sich verbindenden Arbeitern waltet, da wird die Genossenschaft leicht zu begründen sein und bald die größten Fortschritte machen, die besten Erfolge haben; wo sie fehlt, wird es schwer sein, Genossenschaften herzustellen, werden die hergestellten bald genug wieder zerfallen.

Solcher Arbeitergenossenschaften aller Art gibt es noch immer viel zu wenig. Wo die Möglichkeit geboten, wo das Bedürfniß sich geltend macht, sollten dieselben gegründet, von den Arbeitern mit allen Mitteln gefördert, von den Arbeiterfreunden, von allen Menschenfreunden mit aller Hingebung und allen Opfern unterstützt werden. Diese Arbeitergenossenschaften sind **überall im Boden des Volks- und des Arbeiterlebens liegende Quellen des Wohlergehns, des Wohlstandes, des Capitals, des Reichthums für die Arbeiter.** Wie wenig sind diese Quellen bis jetzt angebohrt, geöffnet worden! Dies überall zu thun, muß die Hauptaufgabe der Arbeiter und Arbeiterfreunde sein. — In der allgemeinen Durchführung der Arbeitergenossenschaften in allen Zweigen des Arbeiterlebens, für alle Bedürfnisse der Arbeiterwelt liegt die wahre, die durchgreifende Befreiung der Arbeit und der Arbeiter vom Drucke des Kapitals, Erlösung von der Ausbeutung durch die reichern Klassen des Volkslebens.

13.

Das vorliegende Programm des internationalen Arbeitervereins aber spricht von dieser ersten, ursprünglichen, naturgemäßen Thätigkeit der Arbeitergenossenschaften zum Heil der Arbeiter — so zu sagen nicht. Wohl aber hofft das Programm in den Arbeitergenossenschaften den „Stützpunkt" finden zu können, von welchem aus „die alte Ordnung aus den Angeln gehoben, und den modernen Zuständen eine neue Gesellschaftsform aufgeprägt werden könne."

Seht, Ihr Arbeiter, das ist der blasse Theoretiker, der speculative Philosoph, der hier spricht. Der naturgemäße Selbstzweck der Arbeitergenossenschaften, die Arbeiter zu freien Arbeitern in eigenen Fabriken und Werkstätten zum eigenen Vortheile zu erheben — wahrlich eine hohe und schöne Aufgabe, die, wenn sie das ganze Arbeiterleben erst durchwirkt und bethätigt hat, dem ganzen Arbeiterstande eine neue, hohe und würdige Stellung im Gesellschaftsleben gegeben haben wird — ist dem internationalen Programm Nebensache, davon ist kaum Rede; Hauptsache ist, daß die Arbeitergenossenschaften das Mittel bieten könnten und sollten, die alte Ordnung zu sprengen, eine neue Gesellschaftsform begründen zu helfen.

Wir loben, wir fördern, wir unterstützen alle collective, genossenschaftliche Selbsthülfe der Arbeiter, alle Arbeitergenossenschaften, die den naturgemäßen und überall lobenswerthen Zweck haben, die Stellung der Arbeiter zu verbessern; — wir warnen die Arbeiter, den lockenden Stimmen speculativer Philosophen zu gehorchen, die sie als Mittel zur Herbeiführung „neuer Gesellschafts=formen" benützen möchten.

Am Schlusse des Programmes heißt es: „Wir werden keine alleinseligmachende Weltbeglückungssysteme aufstellen, keine fertigen Universalerlösungsmittel in Vorschlag bringen!" Die Verfasser des Programms werden dazu ihre guten Gründe haben. Denn hätten sie solche Universalmittelchen, so wäre es ja nicht recht, sie dem Volk vorzuenthalten. Aber obgleich sie keine solche haben, sollen doch die Arbeitergenossenschaften sich ihnen nichtsdestoweniger als Mittel hergeben, eine „neue Gesellschaftsform", d. h. nichts Anderes, als ein neues Weltbeglückungssystem schaffen zu helfen.

14.

Ein Hauptmittel der Arbeiter und Arbeitergenossenschaf=ten, die Ungerechtigkeit in der Stellung zwischen Arbeitgebern und Arbeitern, zwischen „Capital und Arbeit" auszugleichen, ist die Arbeiteinstellung. Jeder Arbeiter, und jede Klasse von Arbeitern ist berechtigt, von diesem Mittel Gebrauch zu machen, so oft und wo von demselben ein Vor=theil zu erlangen ist. Sehr oft wird dies Mittel dem schaden, nur schaden, der sich desselben bedient; stets ist das Mittel ein solches, welches an und für sich verwerflich ist, weil es Arbeitskräfte brach legt, weil es Kapital nutzlos verzehren macht. Aber wenn es als Mittel gebraucht werden soll, die Stellung des Arbeiters zu verbessern, dann hat der Arbeiter unter allen Umständen das Recht, sich desseben zu bedienen; und unter manchen Umständen wird es auch möglich sein, durch dies Mittel höhere Löhne, eine verbesserte Stellung der Arbeiter zu erwirken.

Vor Allem ist dies aber nur da möglich, wo die Arbeiter einander mit allen ihnen zu Gebote stehenden Mitteln unter=

stützen. Die internationale Arbeiterassociation hat nun hier und dort die Unterstützung der feiernden Arbeiter organisirt. Die Arbeiterwelt ist ihr dafür zu Dank verpflichtet; der denkende Freund der Arbeiter theilt gerne die ihr dafür gebührende Anerkennung; das vorliegende Programm des internationalen Arbeitervereins aber geht über diese Seite der Arbeiterfrage leichten Fußes hinweg. Es heißt in demselben: „Durch die gerechte Regelung des Lohnes für die Vermittelung der Erzeugnisse zum Verbrauche soll mit Beseitigung der auf Kosten der Erzeuger und Verbraucher lebenden Speculation, auch die Abschaffung der Annarchie in der Production und Consumtion überhaupt bewirkt werden." (X)

Wie bei den Arbeitergenossenschaften, so ist es auch hier, die „blasse Theorie", welche die gesunde That in den Hintergrund schiebt. Arbeitseinstellungen zu gerechter Regelung des Lohnes ist die gesunde That; — gerechte Regelung des Lohnes als Mittel zur Abschaffung der Annarchie in der Production und Consumtion überhaupt ist die blasse Theorie, die philosophische Speculation.

Und sonst nichts.

Verweigert zu arbeiten, Ihr Arbeiter, wenn der Arbeitgeber Euch den Brodkorb zu hoch hängt, wenn er Euch unwürdigen und unzulänglichen Lohn bietet. Vereinigt Euch, Ihr Arbeiter, um Euch einander zu unterstützen, Alle für Einen einzustehen, wenn ein Theil von Euch Arbeitern durch zu geringen Lohn zu Elend und Untergang verdammt sein soll. Das ist Euer Recht, das ist Eure Pflicht.

Aber wahrt Euch, wenn die blasse „speculative Philosophie" kommt und Euch vorplaudert, daß die „gerechte Regelung des Lohnes" eigentlich nicht Haupt- und Selbstzweck der Arbeiterbestrebungen, sondern nur ein Mittel zur „Abschaffung der Annarchie in der Production und Consumtion überhaupt" sein soll.

15.

, So kommen wir endlich zum Kernpunkte des ganzen internationalen Programms, wie es uns vorliegt; wir meinen die Frage der Stellung der Arbeit zum Capital überhaupt.

„Das Großcapital, diese Gesammtfrucht allzeitiger (?) Arbeit ist „gesetzlicher Weise" in usurpatorische Hände gerathen, wird aber baldhin durch veränderte Umstände auf dem „wahren Rechtswege" seinem legitimen Eigenthümer — dem produzirenden Volke — allmälig wieder zufließen."

„Unter Capital verstehen wir alle aufgehäuften, nach der heutigen Praxis capitalisirbaren Werthgegenstände und, neben den Schätzen der Erde, namentlich jeden Grund und Boden." (IX)

Das ist nun freilich ziemlich klar gesprochen.

„Capital ist die Gesammtfrucht allzeitiger Arbeit." Die talentvollsten Vertheidiger des Programms auf dem Nürnberger Arbeitervereintage (die Herren Schweigel und Liebknecht) haben den Gedanken, den Kerngrundsatz des Programms noch klarer ausgesprochen, indem sie uns belehrten, daß der „erste Nationalökonom der Gegenwart", Herr Karl Marx, endlich es entdeckt und klar ausgesprochen habe, was denn eigentlich das Capital sei: Capital ist, — nach dieser Entdeckung von Karl Marx — Nichts als nicht bezahlte Arbeit, Nichts als „gestohlene Arbeit."

Es thut uns nun recht leid, daß wir das neueste Werk von Karl Marx nicht gelesen haben; — wohl aber auch nie lesen werden. Was wir von Marx kennen, genügt uns, zu wissen, daß es eine kleine Riesenarbeit sein wird, den Wust von zusammengetriebenen, falsch verstandenen, fein gemischten, verkehrt angewendeten Thatsachen zu ordnen, zu sichten, an die rechte Stelle zu bringen, und dann die rechten logischen Schlüsse daraus zu ziehen. Die „speculativen Philosophen", die Theoretiker der Marx'schen Schule sehen die schmutzigsten Sackgassen des Elends für die Arbeiterwelt selbst an, und sehen wieder in den häßlichsten Auswüchsen der höheren und höchsten Kreise die bürgerliche Gesellschaft. Von einem verkehrten Standpunkte ausgehend, steuern sie auf ein verkehrtes Ziel los. Das Hungerelend der äußersten Stufe von Unten und das goldene übersättigte Elend der äußersten Stufe Oben — das allein besteht für sie. Das Volk, die Arbeiter aller Klassen, aller Lebenseinrichtungen in Stadt und Land, der Mittelstand, — die kennen sie nicht; die begreifen sie nicht; die liegen über und unter den Gesichtspunkten, für die sie einen Blick haben.

Wäre Marx nur Theoretiker, nur speculativer Philosoph, so würde seine Wirksamkeit nicht groß sein. Aber er ist, außer Theoretiker, auch ein nimmer rastender, kluger und und zugleich rücksichtsloser, kein Mittel scheuender Agitator.

Marx und Lassalle sind ganz ähnliche Erscheinungen, Seelenverwandte, — hochbegabte Querköpfe, höchst talentvolle Charaktersonderlinge voller grenzenloser Ehrbegierde und Herrschsucht und ebenso voller zäher Willenskraft. Beide sind am verkehrten Orte geboren worden; sie hätten zu Sultanen, Großvesiren, orientalischen Tyrannen, wer weiß auch zu hohen Priestern im alten Jerusalem, zu Jesuitengeneralen im neuen Rom auf die Welt kommen sollen; dann wären sie an ihrem Platze gewesen. Als halbe Parias, in der Zeit, wo der gute Gabriel Rieser noch für die Emancipation der Juden kämpfte, und Heinrich Heine sich schämte, daß sein Vater ein Jude war, haben Talent, Charakter, grenzenlose Ehrbegierde sie zu Agitatoren für die Arbeiterklasse gemacht, weil sie das Gewicht dieser Klasse früher als Andere ahndeten, und in dieser Macht des Arbeiters und der Arbeit den Boden für ihre eigene Macht zu finden hofften.

Als Agitatoren waren beide gleich rücksichtlos. Die rheinische Zeitung unter dem Einflusse von Marx hat (1848) an Keckheit und Gewissenlosigkeit, Selbstüberschätzung der eigenen Leistung, der eigenen Persönlichkeit und der Parteigenossen, an Verkleinerung, Verläumbung, Verlästerung, Verketzerung der Gegner, an Verdrehung der Thatsachen, an offenem Lug und schnödem Trug dem Feinde gegenüber kaum ihres Gleichen in der ganzen politischen Literatur gehabt.

Karl Marx ist wohl der eigentliche Stifter des internationalen Arbeitervereins, wenigstens ist er sein „Prophet", ist er der Theoretiker, der „erste National-Oekonom der Zeit", in dessen Hand die geistige Lenkung des internationalen Arbeitervereins liegt.

Und der Kerngrundsatz, der Stützpunkt, von dem aus Marx die „alte Ordnung sprengen", eine „neue Gesellschaftsform" gründen will, heißt:

„Das Capital ist nichtbezahlte Arbeit."

16.

„La propriété c'est le vol" hat Proudhon gelehrt. „Das Eigenthum ist der Diebstahl." Es ist das noch ein klein wenig offener, als dieser Satz in der Marx'schen Uebersetzung heißt; denn daß die Marx'sche Lesart: „Das Capital ist unbezahlte Arbeit", nichts Anderes sagen will, als der Proudhon'sche Satz: „Das Eigenthum ist Diebstahl", versteht sich von selbst, da unbezahlte Arbeit eben gestohlener Arbeitslohn ist. Hr. Schweigel hat dies klar angedeutet, Hr. Liebknecht das Wort offen ausgesprochen. Also heißt es:

„Das Capital ist unbezahlte, gestohlene Arbeit, die Gesammtfrucht allzeitiger Arbeit."

Diese „Gesammtfrucht allzeitiger, fremder Arbeit" ist „in usurpatorischen Händen", d. h. in Händen, die kein Recht haben, dies Capital zu besitzen.

Der „legitime Eigenthümer" des Capitals ist „das producirende Volk".

So wird dann auch das Capital „baldhin seinem legi= timen Eigenthümer, dem producirenden Volke, wieder zufließen“.

Und zwar, damit sich Niemand täusche, setzt das Pro= gramm hinzu:

„Unter Capital verstehen wir alle aufgehäuften, capitalisirbaren Werthgegenstände und, neben den Schätzen im Schoß der Erde, namentlich auch jeden Grund und Boden.“

Das Alles ist in den Händen unberechtigter, usurpatorischer Besitzer; die legitimen, berech= tigten Eigenthümer sind die Arbeiter.

Und diesen wird „baldhin“ ihr berechtigtes Eigenthum wieder zufließen.

Wenn Proudhon sagte: La propriété c’est le vol, so dürften seine Gegner mit der gleichen Berechtigung sagen: Die Durchführung der Marx’schen Theorie, der Theorie des internatio= nalen Programms, wie es auf dem Arbeitervereinstage in Nürn= berg vorgelegen hat, heißt — den Diebstahl und Raub allen Capitalisten gegenüber zum Ziele aller Arbeiteragitation erheben.

Proudhon selbst hat seine Theorie: „Das Eigenthum ist Diebstahl“, in der zweiten Hälfte seines Lebens durch sein Meisterwerk: Théorie de la propriété widerrufen. Viel= leicht kommt auch die Zeit, wo Marx und seine Schüler ebenfalls den Satz: „Capital ist gestohlene Arbeit“ zurück= nehmen müssen. Unterdeß könnte aber die Marx’sche Theorie ebenso viel Unheil angerichtet haben, wie die Proudhon’sche. Und deswegen halten wir uns für berufen und verpflichtet, diese Theorie so offen und schonungslos zu bekämpfen, um auf diese Weise verhindern zu helfen, daß dieselbe die Ar= beiter noch einmal in die blutige Hand eines die Gesellschaft „rettenden“ Caesars liefert.

17.

Was ist denn Capital?

Die Frage beantwortet sich nicht mit Einem Worte.

Am Berechtigsten könnte man sagen: Capital ist er=
übrigter und gewinnbringend angelegter Ar=
beitslohn.

Arbeit ist aber nicht blos die Arbeit des Fabrik=
arbeiters, des Handwerkers, sondern auch Arbeit des Fabrik=
herrn, des Gewerbvorstandes, des Erfinders der Maschine,
des Herstellers einer kleinen oder großen Fabrik, einer größern
Werkstatt, eines Arbeitgeschäftes, des Ordners, Aufrechthalters
der Fabrik und des Gewerbes, des Verkäufers, Verschleißers
der fertig gewordenen Arbeit. Auch ist es Arbeit, wenn
Herr Marx sein Buch schreibt, der Arzt einen Kranken be=
sucht, der Apotheker ein Recept macht, der Advocat einen
Angeklagten vertheidigt, der Richter ein Urtheil spricht, der
Beamte die Angelegenheiten eines Dorfes, einer Stadt, des
Staates ordnen hilft, der Polizeidiener, der Nachtwächter für
die Ruhe Tag und Nacht sorgt. Jeder dieser Arbeiter ver=
dient seinen Lohn.

Was der Arbeiter von diesem Lohn erübrigt,
ist sein Capital, das Capital des Schneidergesellen und
Meisters, so gut wie das Capital des Herrn Marx, das er
gewonnen, wenn sein Buch ihm mehr Honorar einbringt,
als er bedurfte, um zu leben, während er es geschaffen hat.

Der erübrigte Lohn aller Arbeit ist legitimes
Capital.

Wo nun die Verhältnisse so sind, daß der Arbeiter nicht
den Lohn, der immerhin nach der Arbeit höher und tiefer
steigen und fallen muß, bekommt, den er verdient hat, —
wo Verhältnisse stattfinden, daß der Arbeiter nicht einen Lohn
bekommt, von dem er in Ehren und Menschenart leben kann;
— da geschieht dem Arbeiter ein Unrecht, das,
größer und größer werdend, in Elend und Hunger umschlagend,

endlich um Rache zum Himmel schreien kann und soll.

Wo ein Fabrikherr, wo Arbeitgeber überhaupt die Umstände benützen, um den verdienten Lohn der Arbeit zu entziehen und sich anzueignen, da geschieht ein schreiendes Unrecht, da tritt der Fall ein, daß „Capital unbezahlte Arbeit", daß „Eigenthum Diebstahl" ist.

Ueberall, wo letzteres der Fall, da ist die ganze menschliche und menschlich denkende Gesellschaft verpflichtet, dafür zu sorgen, daß ein solcher „Diebstahl" am Blut und Leben des Arbeiters nicht möglich ist; da sind vor Allem die „Arbeiter" nicht nur berechtigt, sondern verpflichtet, für die „bestohlenen" Arbeiter einzutreten; da sind Arbeiterverbindungen aller Art so berechtigt als pflichtgeboten für alle Arbeiter; da ist es die Pflicht aller Arbeiterfreunde, aller Menschenfreunde, diese Verbindungen zum Schutze der Arbeit und Arbeiter gegen Ausbeutung jeder Art mit allen Mitteln und Kräften zu unterstützen.

<h2 style="text-align:center">18.</h2>

Und gerade deswegen halten wir es für ein Unglück, wenn die blasse Theorie die Arbeiter glauben macht, daß alles Capital unbezahlte Arbeit, daß alles Eigenthum Diebstahl. Denn, abgesehen davon, daß dadurch die Arbeiter zum Unsinn getrieben werden, fordern sie dadurch alle Besitzenden, — d. h. die ganze Gesellschaft, die nicht von Handarbeit, aus der Hand in den Mund lebt, zum Kampfe auf Sein oder Nichtsein heraus. Sie machen sich dadurch Alle, welche Capital, viel oder wenig, welche Eigenthum, groß oder klein, haben, zu Feinden.

Es ist eine Art Heuchelei, wenn das Programm sagt: „Wir wollen die Klassengegensätze, Bourgeoisie und Proletariat, überwinden helfen." In dem eben angedeuteten Grundsatze ist der Klassenunterschied zwischen Besitzenden und Nichtbesitzenden zur Losung für den Kampf auf Sein oder Nichtsein gemacht. In jedem Schriftstücke der internationalen Arbeiterassociation wird der Klassenhaß, der Haß des Arbeiters gegen den Bourgeois, gepredigt.

Und in diesem Hasse liegt die Ohnmacht der Arbeiter= klasse, liegt die zukünftige Niederlage ihrer berechtigsten An= sprüche. Aus dem Samen: la propriété c'est le vol, ist in Frankreich die Junischlacht hervorgewachsen, die die Arbeiter zu Massen niederschmetterte, die Arbeit knechten half, die den Cäsarismus schuf, das Soldatenthum Frankreichs begründete. Aus dem Samen: „Das Capital ist unbezahlte Arbeit", wird, wenn es nicht uns gelingt, diesen Samen im Keime zu zer= treten, eine deutsche Junischlacht hervorgehen, die alle berech= tigten Ansprüche der Arbeiter in Blut ertränken, alle Hoff= nungen des deutschen Volkes auf eine Zukunft freier Ent= wickelung vernichten würde.

Herr v. Bismarck hat Recht, wenn er Lassalle die Hand reicht. Und der gesunde Sinn des Volkes hat ebenso Recht, wenn er hinter den Hauptagitatoren, die zum Klassenhaß und Klassenkampf treiben, bezahlte Gehülfen der Macht, des Cäsarismus, des Soldatenthums wittert. Wir unserer Seits sehen nur querköpfige Philosophen und ehrsüchtige Agitatoren einer heil= und haltlosen Prinzipienreiterei. Aber wenn Herr v. Bismarck, Napoleon III. und der Kaiser von Rußland diese Bestrebungen zur Erregung des Klassenhasses mit Gold bezahlten und bezahlen könnten, so thäten sie ihrer Seits nur, was in ihrer Richtung, in ihren Bestrebungen ge= rechtfertigt und geboten wäre.

19.

Die Arbeiter haben das größte Interesse, die „Bourgeois" zu Bundesgenossen in ihrem Kampfe gegen Uebervortheilung zu haben; die „Bourgeois" das größte Interesse, die Arbeiter in allen ihren berechtigten Ansprüchen zu unterstützen.

Der „Arbeiter" und der Bürgermittelstand werden beide ihre Rechte, ihre Ansprüche auf gesicherte Stellungen im Leben, auf Freiheit und Ehre nur dann befestigt sehen, wenn sie Hand in Hand gegen ihren gemeinsamen Gegner kämpfen.

Diese gemeinsamen Gegner sind die Privilegirten; d. h. die bevorzugten Klassen und Stellungen im Staatsleben, die den Staat und mit ihm und durch ihn die arbeitenden Klassen aller Stände und aller Richtungen in ihrem Interesse ausbeuten. Das Kaiserthum bedingt das Soldatenthum; das Soldatenthum saugt den Arbeiter und Bürger aus, nutzt sie ab; das Junkerthum lebt von seinen Privilegien auf Kosten der Arbeiterklassen in Proletariat und Bourgeoisie; die höhere Bank- und Industriewelt wurzelt in den Privilegien der Industrie und des Capitals, in dem geschützten und geförderten Börsenschwindel, vor Allem in den Anleihen zur Befriedigung der unnatürlichen Bedürfnisse des Cäsarenthums und des Soldatenthums, in Protectionszöllen, in Procente-Versicherung für Eisenbahnanlehen, in einem Steuer- und Zollsystem überhaupt, welches den Reichen bevortheilt, den Armen langsam aussaugt.

In diesem Bevorzugungssystem für den Cäsarismus, das Soldatenthum, die Börsenspeculation, die hohe Industrie, den Reichen gegenüber dem Nichtreichen — da liegt die Quelle alles Unheils.

Das Unheil aber lastet auf dem Bourgeois so schwer, wie auf dem Arbeiter. Abhülfe ist hier nur möglich durch gemeinsamen Kampf der unterdrückten und bedrohten Klassen, nicht gegen die privilegirten Klassen, sondern gegen die Privilegien.

20.

„Herstellung eines freien Volksstaates" muß die Losung beider Klassen, das gemeinsame Ziel aller Volks- und

Menschenfreunde sein, die nicht den Untergang der modernen
Cultur in einem immer weiter um sich greifenden Soldaten=
thum, Junkerthum, Industrierritterthum, im Börsen= und
Spielerwesen der höchsten Gesellschaftskreise über sich ergehen
lassen wollen.

Klassenstreit zwischen Volk und Volk, zwischen Arbeiter
und Bourgeoisie ist das sicherste Mittel, allen Kampf gegen
die Krebsschäden der Zeit unmöglich zu machen, oder, wo
möglich, zu grausenhaften Niederlagen zu führen. —

Vereinigung aller Menschenfreunde, aller
Klassen der Gesellschaft zu gemeinschaftlichem Kampfe
gegen den gemeinsamen Gegner, gegen die Privilegien des
Cäsarismus, des Soldatenthums, des Junkerthums, des Börsen=
schwindels, der Industrieritterschaft, gegen die Bevorzugung des
Reichthums, die Uebervortheilung der weniger Reichen durch
ein verkehrtes Steuersystem — ist unerläßliche Vorbedingung
der Rettung. Wer diese Vereinigung fördert, ist der
Freund der Menschheit und der Arbeiter insbesondere, wer
sie verhindert, unmöglich macht, sie in Klassenhaß und Klassen=
kampf verwandelt, ist der Feind der Menschen, der Völker,
der Arbeiter. —

<h2 style="text-align:center">21.</h2>

Hiernach nur noch wenige Worte über die praktischen
Ergebnisse des Arbeitertages.

Der Antrag des Vororts mußte natürlich mit dem Pro=
gramm des internationalen Vereins stehen oder fallen.
An und für sich war dieser Antrag Bebels voller Wider=
sprüche. Es heißt in demselben zu Anfang: „Es macht der
Arbeitertag das Programm der internationalen Ar=
beiterassociation zu dem seinigen.“ — Das ist klar
und durchgreifend. Am Schlusse des Antrages aber heißt es
dann wieder: „Beschließt der Arbeitervereinstag seinen An=
schluß an die Bestrebungen der internationalen Arbeiter=

affociation." — Das ist unklar und steht dem oben ange=
führten Antrage als eine Abschwächung gegenüber.

„Was die Form des Anschlusses betrifft", heißt es
dann weiter in der ferneren Entwickelung Bebels, „so be=
trachten wir dies als eine offene Frage, da hier=
bei die bestehenden Vereinsgesetze in Berücksichtigung zu
ziehen sind."

Wäre es da nun nicht wenigstens logisch und praktisch
gewesen, so lange mit dem Anschluß selbst zu warten, bis die
Form gefunden war?

<h2 style="text-align:center">22.</h2>

Durch ein paar Zusatzanträge (von Eichelsdörfer und
Sonnemann) sollte im Handumwenden das offene Eintreten
für das Programm des Internationalen Vereins, um welches
sich die ganze Verhandlung des Nürnberger Arbeiter=
tages gedreht, für welches Schweigel, Liebknecht u. A. so
tapfer gekämpft hatten, in ein weniger offenes, ver=
decktes Eintreten umgewandelt werden.

Anstatt der Worte: „macht der Arbeitertag das Programm
des internationalen Arbeitervereins zu dem seinigen" oder
„schließt sich der dritte Arbeitertag den Bestrebungen des inter=
nationalen Vereins an" wurde gesagt: „Schließt sich der
Arbeitertag in den nachstehenden Punkten dem Pro=
gramm der internationalen Arbeiterassociation an." Diese
nachstehenden Punkte sind die drei Abschnitte des Bebel'schen
Zusatzantrags. Der zweite Punkt: „Die ökonomische Ab=
hängigkeit des Mannes der Arbeit von dem Monopolisten
(dem ausschließlichen Besitzer) der Arbeiterwerkzeuge bildet die
Grundlage der Knechtschaft in jeder Form, des
socialen Elends, der geistigen Herabwürdigung und politischen
Abhängigkeit", — ist im Geiste des internationalen
Programms, ebenso allgemein gehalten, und ebenso wenig
begründet in dieser allgemeinen Fassung wie die Grundsätze
des Programms selbst.

In diesen Zusatzanträgen aber liegt in der That nur ein Scheinrückzug, der nach der Vertheidigung des Programms der Internationalen Arbeiterassociation durch die Hauptführer des Arbeitertages nur diejenigen täuschen kann, die sich gerne täuschen lassen.

Entweder muß man das Internationale Programm offen anerkennen, wie dies von den Vertheidigern desselben auf dem Arbeitertage selbst geschehen war, oder es offen zurückweisen und bekämpfen. Es scheinbar verleugnen und es doch thatsächlich anerkennen wollen, ist sicher jedes rüstigen, tüchtigen, wahrheitsliebenden und offenen deutschen Arbeiters unwürdig.

23.

Ich meiner Seits halte es für Pflicht, dem Müllheimer Arbeiterverein zu rathen, schon wegen der noch fehlenden Form des offenen oder verdeckten Anschlusses mit dem Anschlusse selbst wenigstens so lange zu warten, bis — die Form gefunden und keine „offene Frage" mehr ist.

Es bestand bis zum Nürnberger Tage ein deutscher Gesammtbund der Arbeitervereine unter der Form des deutschen Arbeitervereinstages. Dieser Bund hat sich gespalten. Ein Theil der Vereine ist zu dem internationalen Verein übergetreten, ein anderer Theil hat einen neuen deutschen Arbeiterbund gebildet. „Seid einig, einig, einig!" rief der Referent, Herr Schweigel, als er die Losung zum Bruche gab.

Ich meiner Seits bin nicht ausgetreten aus dem Arbeitervereinstage, und auch dem neuen Bunde nicht beigetreten. Was aus den zwei Bruchtheilen werden soll, muß sich erst zeigen.

Ich rathe, eine Weile zuzusehen, bis die neuen Bruchtheile in ihren Formen, die erst gesucht werden müssen, sich gesetzt und ihre Ziele und Mittel zum Ziele klar angedeutet haben.

Oberweiler, den 15. September 1868.

J. Benedey.

Nachschrift.

26. September.

Seit die obigen Zeilen geschrieben wurden, hat sich die
Lage der Dinge bedeutend geklärt durch die Ergebnisse der
Brüsseler Tagsatzung des Internationalen Arbeiter=
vereines, der Stuttgarter Versammlung der deutschen
Volkspartei, und endlich der Berner Versammlung der
Friedens= und Freiheitsliga.

Es war vielleicht nicht ohne Einfluß auf die Haltung
der Führer der Internationalen in Brüssel, daß ihnen von
Nürnberg durch den Telegraph der Anschluß des deutschen
Arbeitertages an das Programm des Internationalen Ver=
eins angekündigt wurde. So durch die deutsche Arbeiterwelt
getragen, durften die Führer der Internationalen schon etwas
offener mit ihrer Grundfarbe herauskommen. Es wurde dann
in Brüssel der Grundsatz des communistischen, oder,
weil dies Wort einen schlechten Klang hat, des collectiven
Besitzes alles Grund und Bodens und aller großen Industrie=
unternehmungen durch die Mehrzahl zum Grundsatze des
Vereins erhoben. Ganz im Geiste des zweiten Punktes des
Bebelschen Antrages wurde eine Art Bann gegen die Ein=
führung neuer Maschinen ausgesprochen. Endlich beschloß der
Internationale Congreß — in dem „Hochmuth, der vor dem
Falle kommt", — die Friedensliga aufzufordern, sich aufzu=
lösen und in den Internationalen Arbeiterverein überzutreten.

Wenn der Nürnberger, nicht ganz offene, Beschluß mit dazu beigetragen hat, das vollkommen offene Auftreten der Leiter der Internationalen Association herbeizuführen; so könnten wir uns dessen nur freuen. Es ist ein Glück, daß nach dem Ergebniß des Brüsseler Congresses kein Arbeiter mehr darüber in Zweifel sein kann, wohin der Geist führt, der die Leiter der Internationalen Arbeiterassociation beherrscht, der in dem Programm, das in Nürnberg vorlag, klar genug, in den Beschlüssen des Brüsseler Kongresses aber noch klarer ausgesprochen ist.

Wer nicht zu Klassenhaß, Klassenhochmuth, Klassenkrieg, zur blassen Theorie einer „neuen Gesellschaftsform" mit communistischen Luftschlössern und socialistischen Märchenträumen verleitet werden will, der trete von der derzeitigen Führung der internationalen Arbeiter-Verbindung zurück; der helfe, daß diese Verbindung in ihren practischen und dann so schönen Bestrebungen für die Wohlfahrt der Arbeiter andern Führern zugeleitet werde.

Auf dem Tage zu Stuttgart wurde von Seiten der Führer des Nürnberger Arbeitertages der Antrag gestellt, daß die Versammlung ihre „Uebereinstimmung" mit den bereits durch die Zusatzanträge von Sonnemann und Eichelsdörfer abgeschwächten Grundsätzen des internationalen Programms aussprechen solle. Nach einer eingehenden Verhandlung, worin Karl Mayer, Frese, Trabert u. a. diese „Uebereinstimmungserklärung" bekämpften, wurde wieder eine Abschwächung des offenen Eintretens für das Bebel'sche Programm beliebt und von den Vertretern dieses Programms angenommen; indem die Stuttgarter Versammlung anstatt „in Uebereinstimmung", nur „im Anschluß" an das Nürnberger Programm Beschlüsse in der „socialen Frage" faßte, die dieses „Nürnberger Programm" in seinem Hauptgrundsatz, dem zweiten Satze Bebels, zurückweisen.

Das Programm der deutschen Volkspartei hieß in Bezug auf die sociale Frage:

„In der socialen Frage begrüßen wir mit Freuden die Entscheidung des Nürnberger Arbeitertages, welche die untrennbare Connexität der socialen Frage mit der politischen Freiheitsarbeit betont. Mit diesem Beschluß ist ein so verhängnißvoller wie irrthümlicher Gegensatz beseitigt und statt eines Zerwürfnisses, welches dem gemeinsamen Gegner zu Gute kam und noch mehr zu kommen drohte, ist eine Cooperation ermöglicht, die für die gemeinsame Sache nur segensreich wirken kann. Denn nicht nur werden die freiheitlichen Erfolge, die fortan gemeinsam auf staatlichem Gebiete errungen werden, schon ihr gutes Theil zur Lösung der socialen Frage beitragen (z. B. in Gewerbe-, Handels- und Agricultur-Gesetzgebung), — nicht nur wird die Beseitigung oder auch nur Beschränkung des allverderblichen Militärismus, die Sicherstellung oder auch nur Anbahnung einer Friedenspolitik unter den Nationen, die Erfüllung des Staates mit den Aufgaben der Bildung, den Zwecken der Cultur, unmittelbar und fühlbar vorzugsweise die Lage derer verbessern, die unter den Schäden und Lasten des Gewaltstaates am schwersten leiden, — nein, die Gemeinsamkeit des politischen Freiheitskampfes ist in sich eine Garantie, daß auch die specifisch socialen Probleme fortan behandelt werden in einem andern, einem bessern Geiste des Verständnisses und der Verständigung.“

Die Stuttgarter Versammlung faßte, auf diesen Satz des Programms des Ausschusses fußend, den folgenden Beschluß:

„Zur Durchführung der in Satz 3 (dem eben angeführten) des Programms entwickelten Grundsätze, und im „Anschluß“ an das Nürnberger Programm empfiehlt sich zunächst:

1) Besprechung der gesellschaftlichen Fragen in den Parteiorganen und Volksvereinen. Förderung

des Genossenschaftwesens, namentlich der Gewerksvereine nnd Produktivgenossenschaften, Unterstützung der Forderungen des Arbeiters auf Betheiligung am Reingewinn.

2) Auf dem Wege der Gesetzgebung ist zu erstreben: Hebung der Volksschule, Errichtung von Fortbildungsschulen, unentgeltliche Ertheilung des Unterrichts an denselben. Verbot der Kinderarbeit in der Fabrik, Festsetzung eines gesetzlich beschränkten Normalarbeitstags. Volle Gewerbefreiheit, Freizügigkeit und unbeschränktes Niederlassungsrecht. Aufhebung aller zum Nachtheile der arbeitenden Classen noch bestehenden Ausnahmegesetze, insbesondere der Verehelichungsverbote für Besitzlose. Aufhebung aller Privilegien und Monopole. Unbeschränkte Coalitionsfreiheit. Privatrechtliche Bestimmungen, welche die Bildung von Genossenschaften aller Art ermöglichen. Beseitigung aller indirecten Steuern, Eine einheitliche directe Steuer mit Progressivsätzen. Abschaffung der stehenden Heere."

In der zweiten Sitzung der Friedens- und Freiheitsliga zu Bern brachte der Russe, Herr Bakunin, einen Antrag ein, der im Geiste des nürnberger Programms der internationalen Association und der Brüsseler Beschlüsse dieser Association also lautete:

„In Anbetracht, daß die Frage, welche sich uns am gebieterischsten aufdrängt, diejenige der ökonomischen und socialen Gleichmachung (égalisation) der Classen und Individuen ist, erklärt der Congreß, daß ohne diese Gleichmachung, die Gerechtigkeit, die Freiheit und der Friede unmöglich sind, und setzt in Folge dessen auf die Tagesordnung das Studium der praktischen Mittel zur Lösung dieser Frage."

Gegen die Vorwürfe, daß seine Theorie zum Communismus, zur Centralisation aller Menschenkräfte in den Händen der Staatsregierung führe, daß égalisation (Gleichmachung) aller Klassen und Individuen Unsinn sei, vertheidigte sich Bakunin damit, daß auch er behauptete, er sei kein „Communist," sondern ein „Collectivist;" — er wolle keine größere Centralisation im Staate, sondern die Abolition (die Abschaffung) des Staates; — und endlich werde égalisation der Klassen und Individuen kein Unsinn sein, sondern sich von selbst einstellen, wenn einmal alle Klassen und alle Individuen dieselbe Erziehung, dieselbe Nahrung erhielten und mit Kopf und Hand auf dieselbe Weise arbeiteten. (travailler de la tête et de la main à la même manière, waren die Worte, die wir hörten).

Es ist wieder ein Glück, wenn die krasse und blasse Theorie so ohne alle Maske und Schminke ihr Medusenhaupt, ihre schauererregende Todenfratze zeigt. —

Diesem Unsinne gegenüber forderte der Antrag der Deutschen: „Wahrhaft demokratische Verfassungen und Gesetze;" — „Herstellung der Gerechtigkeit in der ökonomischen Welt"; — „Sicherung aller Rechte des Bürgers d. h. des Menschen;" und zwar dies Alles „in der Freiheit, als Selbstbestimmung der Persönlichkeit und auch als Eckstein der socialen Wohlfahrt Aller begründet."

Mit einer fast an Einstimmigkeit gränzenden Mehrheit wurde dieser Antrag angenommen, und so der „Collectivismus" auch von der Friedens- und Freiheitsliga zurückgewiesen.

Es stehen sich in der socialen Frage zwei Parteien, zwei ganz verschiedene Grundansichten gegenüber, und zwar

1. die Partei, die Ansicht, welche eine neue Gesellschaftsform zu suchen behauptet;

2. die Partei, die Ansicht, welche die gesellschaft=
   liche Stellung der Arbeiter und der
   Arbeit gründlich zu verbessern erstrebt.

In jener Partei haben alle möglichen und unmög=
lichen theoretischen Systeme freien Spielraum; in ihr treten
Theorien auf, welche die Gesellschaft, wie sie besteht, zu spren=
gen die Absicht oder jedenfalls den Erfolg haben, welche
Klassenhaß, Klassenkrieg lehren und herbeiführen müssen, und
— die daher in letzter Linie den Machthabern, den Cäsaren,
dem Soldatenthum in die Hände arbeiten, oder auch eine Dic=
tatur, wie die eines Sulla, herbeiführen müßten.

In dieser Partei sind alle gerechten, billigen,
thatsächlichen Mittel zur Verbesserung der
Noth und des Elends, der gesellschaftlichen Stellung des
Arbeiters überhaupt, Gegenstand der Bestrebungen, der Thä=
tigkeit, der Arbeit aller Theile dieser Partei. Es stehen in
dieser Partei alle Arbeiter aller Klassen Seite
an Seite zu gemeinschaftlichem Streben und Ziele; der
„Bourgeois" reicht in ihr dem „Arbeiter" die Hand zu jeg=
licher Hülfe, um gemeinschaftlich das Heil der
ganzen Gesellschaft zu fördern.

Wir bekämpfen jene Partei, weil sie die Lösung der
socialen Frage, der Frage über die verbesserte Stel=
lung der Arbeit und der Arbeiter in der Gesell=
schaft unmöglich macht; wir fordern „Arbeiter" und „Bürger"
auf, die Lockungen dieser Partei abzuweisen; wir beschwören
die „Arbeiter", den „Bourgeois" zu helfen, die staatlichen Zu=
stände von allen privilegirten Schmarotzerpflanzen am Lebensbaum
der Völker zu befreien; wir beschwören den „Bürger", mit allen
Kräften den „Arbeitern" zu helfen, die Arbeit und die Arbeiter in
eine solche gesellschaftliche Stellung zu bringen, daß der Ar=
beiter durch seine Arbeit zu allen höheren Ge=
nüssen des Lebens, zu Erziehung, Bildung, Ge=

sittung, Cultur, und auch zu Wohlstand, Capital und Reichthum gelangen kann.

Durch die Arbeit zur Befreiung, zur Veredlung der Arbeit und der Arbeiter in gemeinschaftlichem Streben aller Arbeiterklassen der ganzen Gesellschaft, — das ist das Programm, welches die Lösung der socialen Frage bietet.

Daß es zur That werde!

J. Venedey.